Electre

FichesdeLecture.com

Electre (Fiche de Lecture)

I. INTRODUCTION

Electre est une pièce en deux actes et en prose, écrite par Jean Giraudoux (1882-1944) et mise en scène par Louis Jouvet au théâtre de l'Athénée, le 13 mai 1937.

Encouragé par le succès de *La Guerre de Troie n'aura pas lieu,* Giraudoux a choisi de reprendre à sa façon un épisode du mythe antique des Atrides. On y suit Electre et sa découverte de la vérité sur le meurtre de son père. Bien que Giraudoux reprenne de nombreux codes propres à la tragédie classique, nous verrons en quoi le dramaturge a su s'approprier le thème pour en faire une oeuvre originale et profonde, résolument moderne.

II. RÉSUMÉ DE LA PIÈCE

Acte I

La pièce se déroule dans la ville d'Argos. Un après-midi, deux cortèges arrivent au niveau du Palais des Atrides. Le premier est celui du Jardinier, qui tient à célébrer ses noces avec Electre ; le second entoure un étranger, en fait Oreste, mené par des petites filles qui lui font visiter la ville. Ces dernières sont en fait les Euménides et sont entourées d'une aura plutôt inquiétante, puisqu'elles ne cessent de parler de sang.

De son côté, le juge Théocathoclès est inquiet ; accompagné de son épouse, la stupide Agathe, il tente de dissuader le Jardinier de son union avec Electre. Selon lui, ce mariage sera catastrophique pour l'ensemble de la famille (car ils sont de la même famille), dans la mesure où Electre est une « femme à histoires ».

Quant à Egisthe, qui est le régent d'Argos à l'origine de cette union, il décide d'ordonner le mariage au nom de la Raison d'État. Lui aussi est effrayé par la jeune Electre, mais il veut ainsi la « cadrer » et détourner les Dieux de la lignée des Atrides, qui n'a pas été épargnée jusque-là.

Clytemnestre, amante d'Egisthe et mère d'Electre, s'attendrit un court instant puis abandonne Electre à son sort, après que cette dernière ait réitéré ses sentiments de haine à son égard. Elle part outrée, et déclare que sa fille n'a qu'à épouser le Jardinier.

L'étranger a été le témoin silencieux du débat. Electre le reconnaît : il s'agit de son frère Oreste, exilé depuis bien longtemps. Mais ils doivent repousser leurs retrouvailles, car Clytemnestre revient, sans reconnaître son fils. Puis ils sont enfin seuls, ce qui permet à Electre de laisser exploser ses sentiments, qui sont violents et divers : son amour pour son frère, mais aussi sa haine envers sa mère et son amant.

Clytemnestre paraît de nouveau et s'interroge : qui peut bien être cet étranger ? C'est alors qu'Egisthe annonce une nouvelle depuis son balcon : Oreste est de retour à Argos. Cette fois-ci, plus de doutes dans l'esprit de la Reine : son fils est de retour. Elle tente de faire appel à des sentiments d'amour filial, mais la haine d'Electre prend le dessus. La reine est alors rejetée et les quitte. Le frère et la soeur s'endorment ensemble. Pendant la nuit, les Euménides ressurgissent telles des sorcières ; elles ont grandi par rapport aux heures précédentes et annoncent un destin implacable en marche... Un témoin de la scène reste silencieux. Il s'agit d'un mendiant, qui prend alors la parole pour approuver la jeune fille, et qui annonce qu'elle ira jusqu'au bout de ses intentions.

Acte II

Entracte. Nous assistons alors au « Lamento » du jardinier, qui vient briser l'illusion scénique en annonçant au public ce qu'il ne peut voir sur scène, ainsi que la devise de l'existence, « Joie et Amour ».

Puis le jour paraît, et Electre s'éveille aux côtés de son frère. Les Euménides ont encore grandi. Elles viennent alors tenter Oreste en lui faisant l'éloge de la vie et du bonheur ; en vain. Entre-temps, la nuit a porté conseil à la jeune fille, qui comprend qu'Agamemnon n'est pas mort accidentellement, mais qu'il a été assassiné. Electre interroge sa mère, qui commence par tout nier ; puis elle avoue qu'il s'agit bien d'Egisthe.

Un nouveau problème se pose, car l'ennemi est aux portes d'Argos. Or, Egisthe ne pourra sauver la ville que s'il épouse Clytemnestre et est ainsi reconnu comme le souverain légitime par l'armée. Mais Electre ne veut pas abandonner son plan de vengeance, même si cela implique la perte d'Argos. C'est alors que la reine déclare toute sa haine envers Agamemnon, auquel sa fille est si fidèle. Elle sort exhorter l'armée pour que cette dernière suive Egisthe. Survient le mendiant, qui raconte comment Egisthe a tué le Roi des rois, aidé de son amante, puis comment le fils a vengé son père en tuant sa mère et son amant.

La ville d'Argos est envahie par l'ennemi et touche à sa fin, tandis que les Euménides, désormais adultes, poursuivent Oreste. Electre reste seule, ayant tout perdu dans un ultime sacrifice fait à sa vengeance.

III. PRÉSENTATION DES PROTAGONISTES

Electre

Descendante des Atrides, fille d'Agamemnon et de Clytemnestre, Electre nourrit une haine profonde envers sa mère, qui a tué son père avec l'aide d'Egisthe, son amant. Dans ses apparitions littéraires, elle attend généralement le retour de son frère Oreste pour l'aider dans sa vengeance (dans *Les Mouches* de Sartre notamment). Elle est souvent caractérisée par son inflexibilité et son attachement à la mémoire de son père : « je suis la veuve de mon père ». Elle se sent aussi investie d'une mission de vengeance qu'elle apparente à un rétablissement de la justice : « J'ai la justice. J'ai tout ».

Son nom vient du grec « Elektra » qui signifie la lumineuse. En effet, elle sert souvent à faire la lumière sur la réalité de la situation, ou encore à révéler l'individualité de nombreux personnages.

Clytemnestre

Elle est la mère d'Oreste et d'Electre, et a jadis tué son mari avec l'aide de son amant. Elle est reine d'Argos.

Oreste

Le frère d'Electre est en exil depuis déjà longtemps lorsque la pièce commence. Lorsqu'il revient à Argos, c'est sous les traits d'un étranger, car il ne veut pas dévoiler son identité tout de suite.

Oreste a beaucoup de bons principes, mais c'est un être faible, et on constate d'ailleurs rapidement que sa soeur Electre prend nombre de décisions à sa place. C'est cependant lui qui commet le meurtre et la vengeance, incarnant ainsi la main du châtiment.

Egisthe

Il est le régent du pouvoir dans la ville d'Argos. Amant de Clytemnestre, il est à l'origine de l'intrigue de la pièce. En effet, il a une idée qui ne restera pas sans conséquence : marier Electre au Jardinier, afin de détourner l'attention des Dieux de la famille des Atrides, jusque-là peu épargnée. D'abord figure du coupable, Egisthe devient un personnage juste que Giraudoux peut utiliser à son gré dans une perspective politique.

Toutefois, il garde une dimension d'oppression, cherchant à écraser tout ce qui sort de la conformité et de l'ordre établi (ce qui inclut notamment le retour d'Oreste).

Le Jardinier

Le futur époux d'Electre est en charge des jardins du palais. Il appartient à la famille du juge.

Les Euménides

Elles se transforment de petites filles en adultes tout au long de la pièce. Ce sont des créatures mythiques que l'on appelle aussi parfois Erinyes ou Furies selon qu'il s'agit de la mythologie grecque ou latine. De même, en grec ancien, l'étymologie de leur nom révèle leur rôle, car il signifie « pourchasser » ou « persécuter », tandis que la désignation d'Euménides signifie aussi « bienveillantes ». Ce sont donc des divinités persécutrices, mais leur utilisation peut varier dans l'interprétation... En fait, elles prendront la dénomination d'Euménides après l'acquittement d'Oreste auprès de l'Aéropage et l'intervention d'Athéna, qui les transformera en divinités protectrices. Chez Sartre, elles sont souvent remplacées par des Mouches.

Le mendiant

C'est un personnage très énigmatique. D'ailleurs, « Jamais on n'a vu de mendiant aussi parfait comme mendiant, aussi le bruit court que cela doit être un Dieu ». Ici, il incarne également le Choeur antique à lui tout seul ; en effet, il est omniprésent à chaque action importante et se montre capable d'anticiper l'avenir, de raconter ce qui n'a pas eu lieu sur scène, et de nous livrer ses jugements. Il prend d'ailleurs parti pour Electre : « De sorte que si elle tue, comme cela menace, toute paix et tout bonheur autour d'elle, c'est parce qu'elle a raison ! (...) elle doit y aller jusqu'à ce que le monde pète et craque... »

Le président

Il est membre du Tribunal et s'oppose à Egisthe, notamment pour des raisons de tranquillité.

IV. AXES D'ANALYSE

Les éléments d'une tragédie

Il est vrai que Giraudoux a délibérément choisi de ne pas intituler sa pièce « tragédie ». Mais dès le Lamento du Jardinier, au début de l'Acte II, il propose une définition du genre : « On réussit chez les rois les expériences qui ne réussissent jamais chez les humbles, la haine pure, la colère pure (...). C'est cela que c'est, la Tragédie, avec ses incestes, ses parricides : de la pureté, c'est-à-dire en somme de l'innocence ».

Car en réalité, la pièce de Giraudoux utilise de nombreux ressorts propres à la Tragédie. On y trouve les personnages mythiques des Atrides, Electre, l'intervention des Dieux, les parricides.. Car la famille des Atrides, dont un épisode de l'histoire est repris ici par le dramaturge, est marquée par une malédiction ancienne (depuis Tantale) qui fait que ses membres ne connaissent pas le repos. Elle est marquée par la fatalité, les évènements malheureux et un destin tragique. Elle donne ainsi un aspect immédiatement tragique à la composition de la pièce.

On peut ajouter à cela le fait que Giraudoux ait repris à son compte le personnage du mendiant, qui est la forme généralement choisir par Zeus lorsqu'il vient sur Terre se mêler aux humains et observer leur comportement. De même, les Euménides sont des divinités très présentes dans la tragédie classique. Toutefois, ici, elles apparaissent avant le meurtre, afin d'incarner le destin qui avance implacablement vers les protagonistes.

Du point de vue de la forme, les trois unités du genre sont respectées de manière précise : l'action se déroule en un lieu unique, le palais d'Argos. Au niveau de la temporalité, l'action dure vingt-quatre heures ; enfin, l'intrigue tourne autour du projet de mariage d'Electre et de la découverte de la vérité. La bienséance est elle aussi bien respectée, puisque le mendiant raconte le meurtre, évitant ainsi de le représenter sur scène.

L'originalité de Giraudoux

Toutefois, Jean Giraudoux est connu pour sa manière habile de détourner l'histoire comme il l'entend. Ainsi, il reprend le mythe d'Electre pour en faire le « mythe de la vérité ». Car la renaissance de l'héroïne doit d'abord passer par sa victoire contre le mensonge, puis par une sorte d'enquête/révélation qui la conduira à la vérité sur le meurtre de son père.

Notons toutefois que la vérité a un prix, et que Giraudoux fait payer un lourd tribut à Electre (et ce, bien qu'il ne soit pas le seul). Les ennemis de la jeune femme sont nombreux, car elle dérange. Un juge affirme d'ailleurs que « c'est horrible, un pays où, par la faute du redresseur de torts solitaire, on sent les fantômes, les tués en demi-sommeil, où il n'y a jamais remise pour les défaillances et les parjures, où imminent toujours le revenant et le vengeur ». Même Egisthe, l'amant de sa mère et le régent d'Argos, ne l'épargne pas, car il estime que « les ennuis et les malheurs abonderont du jour où Electre se déclarera dans la famille des Atrides ». C'est d'ailleurs un thème repris par Jean-Paul Sartre, qui y ajoute le poids d'une culpabilité collective insoutenable au sein d'Argos.

Cependant, Giraudoux lui-même se garde bien de prendre parti. Il revient donc au spectateur, mais aussi au lecteur, de juger en son âme et conscience de la valeur de la vérité. Une vérité qui blesse et tue est-elle préférable à un mensonge salvateur ? C'est à nous de trancher ce dilemme philosophique.

D'autres éléments confirment l'originalité du dramatuge par rapport aux codes classiques :

- il a divisé sa pièce en deux actes, non en cinq
- il procède à plusieurs inventions théâtrales, ou autres détournements, parmi lesquels le mendiant, la dimension féministe de la pièce...
- il utilise un langage très poétique et souvent proche de la comédie

Le destin

Mais ne nous y trompons pas ; quels que soient nos jugements et nos actions, et il en va de même pour les personnages, rien ne peut arrêter le caractère inexorable du destin en marche. Le symbole de la croissance des Euménides nous le rappelle : la fatalité pèse sur l'être humain, et il a beau lutter, rien ne viendra empêcher d'être dépassé par ce qui l'attend.

Ainsi les Euménides, sous les traits de fillettes puis, à un moment donné, d'Electre, jouent leur rôle de prophétesses et annoncent l'avenir, tandis que le mendiant anticipe le meurtre de Clytemnestre et du régent. On voit donc, à travers les dons d'anticipation de certains protagonistes, qu'il serait vain de croire que le cours des évènements puisse être modifié.

La dimension cosmique de la réflexion

Parce que les éléments tragiques et les réflexions existentielles parsèment l'œuvre de Giraudoux, ses enseignements ou interrogations s'inscrivent dans un cadre bien plus large que la ville d'Argos en des temps lointains.

Electre prend une dimension nouvelle lorsque son expérience s'assimile à celle plus large du mouvement de l'univers. En voici une réplique magnifique, et représentative de cette idée (réplique issue de l'Acte II, scène 10) :

« Comment cela s'appelle-t-il, quand le jour se lève, comme aujourd'hui, et que tout est gâché, que tout est saccagé, et que l'air pourtant se respire, et qu'on a tout perdu, que la ville brûle, que les innocents s'entretuent, mais que les coupables agonisent, dans un coin du jour qui se lève ? (...) Cela a un très beau nom, femme Narsès. Cela s'appelle l'aurore ».

Dans la même collection en numérique

Les Misérables
Le messager d'Athènes
Candide
L'Etranger
Rhinocéros
Antigone
Le père Goriot
La Peste
Balzac et la petite tailleuse chinoise
Le Roi Arthur
L'Avare
Pierre et Jean
L'Homme qui a séduit le soleil
Alcools
L'Affaire Caïus
La gloire de mon père
L'Ordinatueur
Le médecin malgré lui
La rivière à l'envers - Tomek
Le Journal d'Anne Frank
Le monde perdu
Le royaume de Kensuké
Un Sac De Billes
Baby-sitter blues
Le fantôme de maître Guillemin
Trois contes
Kamo, l'agence Babel
Le Garçon en pyjama rayé
Les Contemplations

Escadrille 80
Inconnu à cette adresse
La controverse de Valladolid
Les Vilains petits canards
Une partie de campagne
Cahier d'un retour au pays natal
Dora Bruder
L'Enfant et la rivière
Moderato Cantabile
Alice au pays des merveilles
Le faucon déniché
Une vie
Chronique des Indiens Guayaki
Je voudrais que quelqu'un m'attende quelque part
La nuit de Valognes
Œdipe
Disparition Programmée
Education européenne
L'auberge rouge
L'Illiade
Le voyage de Monsieur Perrichon
Lucrèce Borgia
Paul et Virginie
Ursule Mirouët
Discours sur les fondements de l'inégalité
L'adversaire
La petite Fadette
La prochaine fois
Le blé en herbe
Le Mystère de la Chambre Jaune
Les Hauts des Hurlevent
Les perses
Mondo et autres histoires
Vingt mille lieues sous les mers
99 francs
Arria Marcella
Chante Luna

Emile, ou de l'éducation
Histoires extraordinaires
L'homme invisible
La bibliothécaire
La cicatrice
La croix des pauvres
La fille du capitaine
Le Crime de l'Orient-Express
Le Faucon malté
Le hussard sur le toit
Le Livre dont vous êtes la victime
Les cinq écus de Bretagne
No pasarán, le jeu
Quand j'avais cinq ans je m'ai tué
Si tu veux être mon amie
Tristan et Iseult
Une bouteille dans la mer de Gaza
Cent ans de solitude
Contes à l'envers
Contes et nouvelles en vers
Dalva
Jean de Florette
L'homme qui voulait être heureux
L'île mystérieuse
La Dame aux camélias
La petite sirène
La planète des singes
La Religieuse
1984 A l'Ouest rien de nouveau
Aliocha
Andromaque
Au bonheur des dames
Bel ami
Bérénice
Caligula
Cannibale
Carmen

Chronique d'une mort annoncée
Contes des frères Grimm
Cyrano de Bergerac
Des souris et des hommes
Deux ans de vacances
Dom Juan
Electre
En attendant Godot
Enfance
Eugénie Grandet
Fahrenheit 451
Fin de partie
Frankenstein
Gargantua
Germinal
Hamlet
Horace
Huis Clos
Jacques le fataliste
Jane Eyre
Knock
L'homme qui rit
La Bête humaine
La Cantatrice Chauve
La chartreuse de Parme
La cousine Bette
La Curée
La Farce de Maitre Pathelin
La ferme des animaux
La guerre de Troie n'aura pas lieu
La leçon
La Machine Infernale
La métamorphose
La mort du roi Tsongor
La nuit des temps
La nuit du renard
La Parure

La peau de chagrin
La Petite Fille de Monsieur Linh
La Photo qui tue
La Plage d'Ostende
La princesse de Clèves
La promesse de l'aube
La Vénus d'Ille
La vie devant soi
L'alchimiste
L'Amant
L'Ami retrouvé
L'appel de la forêt
L'assassin habite au 21
L'assommoir
L'attentat
L'attrape-coeurs
Le Bal
Le Barbier de Séville
Le Bourgeois Gentilhomme
Le Capitaine Fracasse
Le chat noir
Le chien des Baskerville
Le Cid
Le Colonel Chabert
Le Comte de Monte-Cristo
Le dernier jour d'un condamné
Le diable au corps
Le Grand Meaulnes
Le Grand Troupeau
Le Horla
Le jeu de l'amour et du hasard
Le Joueur d'échecs
Le Lion
Le liseur
Le malade imaginaire
Le Mariage de Figaro
Le meilleur des mondes

Le Monde comme il va
Le Parfum
Le Passeur
Le Petit Prince
Le pianiste
Le Prince
Le Roman de la momie
Le Roman de Renart
Le Rouge et le Noir
Le Soleil des Scortas
Le Tartuffe
Le vieux qui lisait des romans d'amour
L'Ecole des Femmes
L'Ecume Des Jours
Les Bonnes
Les Caprices de Marianne
Les cerfs-volants de Kaboul
Les contes de la Bécasse
Les dix petits nègres
Les femmes savantes
Les fourberies de Scapin
Les Justes
Les Lettres Persanes
Les liaisons dangereuses
Les Métamorphoses
Les Mouches
Les Trois mousquetaires
L'étrange cas du Dr Jekyll et de Mr Hyde
L'Ile Au Trésor
L'île des esclaves
L'illusion comique
L'Ingénu
L'Odyssée
L'Ombre du vent
Lorenzaccio
Madame Bovary
Manon Lescaut

Micromégas
Mon ami Frédéric
Mon bel oranger
Nana
Ne tirez pas sur l'oiseau moqueur
Notre-Dame de Paris
Oliver twist
On ne badine pas avec l'amour
Oscar et la dame rose
Pantagruel
Le Misanthrope
Perceval ou le conte du Graal
Phèdre
Ravage
Roméo et Juliette
Ruy Blas
Sa Majesté des Mouches
Si c'est un homme
Stupeur et tremblements
Supplément au voyage de Bougainville
Tanguy
Thérèse Desqueyroux
Thérèse Raquin
Ubu Roi
Un Barrage contre le Pacifique
Un long dimanche de fiançailles
Un secret
Vendredi ou la vie sauvage
Vipère au poing
Voyage au bout de la nuit
Voyage au centre de la terre
Yvain ou le Chevalier au lion
Zadig

À propos de la collection

La série FichesdeLecture.com offre des contenus éducatifs aux étudiants et aux professeurs tels que : des résumés, des analyses littéraires, des questionnaires et des commentaires sur la littérature moderne et classique. Nos documents sont prévus comme des compléments à la lecture des oeuvres originales et aide les étudiants à comprendre la littérature.

Fondé en 2001, notre site FichesdeLectures.com s'est développé très rapidement et propose désormais plus de 2500 documents directement téléchargeables en ligne, devenant ainsi le premier site d'analyses littéraires en ligne de langue française.

FichesdeLecture est partenaire du Ministère de l'Education du Luxembourg depuis 2009.

Plus d'informations sur www.fichesdelecture.com

ISBN: 978-2-511-02863-6

Notes :